EDIFICAR

UNIVERSOS

Margarita Tenorio

De las Sombras a la Luz: Cómo el Bullying me hizo más fuerte

europa ediciones

© 2025 **Europa Ediciones** | Madrid

www.grupoeditorialeuropa.es

ISBN 9791256961498

I edición: noviembre del 2025

Distribuidor para las librerías: **CAL Málaga S.L.**

Impreso para Italia por *Rotomail Italia S.p.A. - Vignate (MI)*

Stampato in Italia presso *Rotomail Italia S.p.A. - Vignate (MI)*

De las Sombras a la Luz:
Cómo el Bullying me hizo más fuerte

Gracias a escribir este libro me he sentido liberada. Los traumas que el bullying dejó en mí se han ido desvaneciendo, y hoy soy una mujer fuerte y segura, capaz de lograr todo lo que me proponga.

Luchar y construir una actitud positiva, incluso en los momentos más oscuros, es trazar el camino hacia la sanación. Sin duda, esa etapa difícil me convirtió en quien soy hoy: alguien mejor.

Agradezco profundamente a mi familia y amigos, pilares fundamentales en mi vida, y especialmente a mi hermana, por su apoyo incondicional.

Índice

Antes de nada, ¿por qué contar mi historia?

Es simple: quiero ayudar a otros desde mi experiencia. Porque sí, se puede salir del bullying. Se puede transformar el dolor en fuerza y renacer. Aunque decido contarlo de forma anónima, ni mi familia ni mi pareja saben todo lo que viví. Muchos ni se imaginan el sufrimiento que pasé, de hecho, creen que siempre mi vida ha sido fácil, entre algodones. Fui víctima de burlas, empujones, desprecios y silencios. Pero también tuve pilares que, sin saberlo, me ayudaron a resistir.

Y algunos os preguntaréis, ¿por qué de forma anónima? La respuesta es porque, a día de hoy, ni mi propia familia, ni mi pareja, saben lo duro que fue para mí esa etapa y lo que sufrí, la mayoría hasta lo desconocen. Fueron años llorando por personas que solo querían hacerme daño, sin motivo alguno o por mera distracción, porque para un niño hay mucho tiempo libre y el aburrimiento hace que personas con baja autoestima (al final, quienes ejercen el bullying son así, personas con problemas y/o baja auto estima) se mofen de personas introvertidas y/o a su vista más débiles, para su propio pasatiempo. Quiero, aunque ni ellos mismo lo saben, dar las gracias a mi familia y a mis buenos amigos (sobre todo, a aquellos que aun pasando meses sin verlos ni hablar con ellos es como si no hubiese pasado el tiempo y siempre sacan lo mejor de ti) porque para mí han sido pilares fundamentales, en especial mi hermana, que ni a ella le he contado nunca lo que he sufrido de forma extendida ni detallada, pero siempre ha estado y está ahí incondicionalmente.

Y gracias a todos los que me rodean, porque al final cada uno elige a las personas con las que quiere pasar su vida y, sin duda, he hecho una buena elección. Gracias a todos por estar ahí.

Y hago mi propia reflexión: gracias a escribir este libro me siento liberada. Todo mi trauma se esfumó porque he conseguido ser una mujer fuerte y válida para conseguir lo que me proponga. Luchar por lo que quieres, formarte e ir con actitud positiva a todas partes te hace grande y me siento afortunada de tener los valores que hoy tengo; seguramente esa etapa oscura de mi vida me hizo ser quien soy ahora (sin esa etapa, la historia hubiese sido otra), así que me quedo con lo que suena un tópico, pero es totalmente cierto: nunca hagas lo que no quieras para ti, sé empático y ponte siempre en el lugar del otro antes de juzgar nada ni a nadie. Y cómo decía Hipócrates: "Si no puedes deshacer el bien, por lo menos no hagas daño".

Introducción

Durante años, el bullying marcó mi vida y puso a prueba mi autoestima, mi confianza y mis ganas de vivir. Pero esta no es una historia de derrota, sino de superación, de transformación y de renacer. Hoy quiero compartir contigo cómo aprendí a quererme, a valorar mi fuerza interior y a construir una vida llena de alegría y esperanza.

A través de esta historia, os mostraré cómo transformar el dolor en fuerza, aprender a quererse y construir un futuro lleno de posibilidades.

Un mensaje inspirador para jóvenes y adultos que buscan apoyo, motivación y la certeza de que siempre es posible renacer y ser feliz, sin importar lo que hayan vivido.

Porque la verdadera fuerza nace de la persistencia y del amor propio.

Mudanza e infancia

Todo comenzó cuando tenía nueve años. Vivía con mis padres y mi hermana en una casa con humedades. Mi madre estaba embarazada, y nos mudamos a una urbanización nueva, en las afueras. Al principio, todo fue ilusión: nueva casa, jardines, amigos del pasado que también se habían mudado. Pero pronto esa alegría se transformó en rechazo. Éramos muchos niños, y por alguna razón, decidieron que yo era la "bizca". Empezó el aislamiento.

Nos mudamos con mucha alegría: piso nuevo, zona de jardines... Sorprendentemente, mi amiga también se mudó a la misma urbanización, ¡qué alegría cuando nos vimos haciendo la mudanza! Además, también dos niños de mi antigua calle se mudaron al mismo lugar. Pronto esa alegría se convertiría en tristeza y antipatía, para ellos y los nuevos niños del barrio. Allí comenzó mi pesadilla. A todo esto, hay que sumar que estuve en cinco colegios desde preescolar hasta finalizar la ESO. Hoy en día eso traumaría a cualquier niño, pero yo lo veía como algo normal. Lo que no era normal era cómo fueron los últimos dos años de colegio para mí; más adelante os contaré... ¿Por qué en tantos colegios?, os preguntaréis… En el primero al que fui se quemó el gimnasio y, por consiguiente, el cole, por lo que irremediablemente tuve que ir a otro. De este segundo cole me cambié porque a mi hermana (dos años menor que yo) no la admitieron, así que mi madre nos apuntó a otro centro para que fuéramos juntas. Después nos mudamos de casa y una vez más mis padres querían que fuéramos juntas a un colegio nuevo porque el antiguo nos quedaba muy lejos, pero no fue posible. No entré en el cole bueno (de aquí en adelante *good school*) y me tocó el peorcito de la ciudad (llamémoslo *bad school*). Y quinto, entré en el cole bueno. Por curiosidades de la vida, el que se suponía que era el cole malo, donde no querían llevarme mis padres, fue donde mejor estuve, sin duda alguna. Fue en el *good school* donde me hicieron la vida imposible.

Todo parecía de ensueño

Cuando llegamos a la nueva urbanización y vimos que había bastantes niños de nuestra edad, mi hermana y yo estábamos supercontentas; pensando en mí, estaba acostumbrada a los cambios de colegio, era una niña muy sociable. Todos los niños se sentaban en las escaleras de mi bloque. Para que os hagáis una idea, la urbanización se componía de distintos bloques ubicados en pasillos al aire libre, viviendas de tres plantas sin ascensor y escaleras descubiertas. Pues bien, al principio jugábamos todos juntos, al pilla-pilla, al escondite, al rayo, la comba, el elástico, con las bicis, los patines... Todo juego al que se jugaba por aquel entonces; no había tanto videojuego o, por lo menos, a nosotros nos enseñaron a jugar en la calle, relacionándonos con otros niños. Sinceramente, no sé cuál fue el punto de inflexión, pero de un día a otro comenzaron a meterse conmigo, me llamaban "la bizca". Hoy día me miro al espejo y no lo soy, pero en aquel momento probablemente al ponerme nerviosa metería el ojo, a saber... Ahora me lo tomo con humor, pero en aquel entonces era un infierno para una niña que entraba en la adolescencia.

.

15

El *bad school* y mis mejores clases

Aunque mi madre no quería, acabé en el colegio con peor fama de la ciudad. Y paradójicamente, fue donde más feliz fui. Profesores entregados, compañeros respetuosos, clases de teatro, poesía, canciones. Me sentía segura. Fue el primer lugar donde, a pesar de todo, sentí que podía ser yo. Sin embargo, al salir del colegio, volvía la pesadilla en casa. Mis escaleras estaban llenas de insultos y burlas…

Todo el mundo hablaba muy mal de este colegio porque estaba situado a las afueras de la ciudad. Acudían mayoritariamente gitanos y niños problemáticos. Imagínate, mi madre quería que estuviéramos el menor tiempo posible allí. Llegó el primer día de clase, tras pasar un fantástico verano en la playa. Vivo en un sitio costero y siempre estaba en la playa, iba al espigón y a las rocas a pescar viejas, coger cangrejos, lapas… con los amigos que, verano tras verano, nos reuníamos allí en vacaciones. Todos esperábamos ansiosos la llegada del verano para jugar en la playa. Como comentaba, primer día de cole, 4º de Primaria, nervios, a ver con quién me encuentro, muy malas referencias, qué curso me espera… ¡Qué ilusa! No me pudieron tratar mejor. Todos los niños hacían cola en el patio antes de entrar a clase. Yo no sabía dónde iba, ya que todo el mundo se conocía, y andaba un poco perdida. Pues bien, al ver que era la nueva compañera, se acercaron a preguntarme mi nombre y querían saber un poco de mí, me ayudaron a integrarme. Estaba muy contenta porque, rápido, empezaba a encajar. Mi clase, la mejor, sin duda, se trataba de un grupo bueno donde todos querían estudiar, y quien no, no molestaba. Eran clases con mucho refuerzo, mucha dedicación y con un sistema educativo impecable. Recuerdo a mi profesora Rosa, a Mercedes y a mi profesora de teatro (no recuerdo el nombre), quienes, mediante canciones, poemas y con mucha implicación, hacían que aprendiéramos todos los temarios. Sabían cómo captar la atención de los más despistados y los unían al grupo; aún recuerdo poemas (Madrugaba el Conde Olinos, / mañanita de San Juan…), canciones (El río Duero nace allí / en los picos de Urbión, / desemboca en Oporto, / Zamora y Soria regó…) y, cómo no, las clases de teatro (que en ningún otro colegio tuve), donde nos enseñaban a expresarnos, interactuar, transmitir emociones… Como podéis ver, el *bad school* no tenía nada que ver con lo que la gente opinaba desde fuera. Y cómo olvidar cuando llegó San Valentín y la mayoría de las cartas fueron para mí: dibujos con corazones, preciosas frases de cariño... Vivía en una burbuja con mis nuevos compañeros. La realidad era otra cuando salía del cole e iba a mi nueva casa.

Acoso en casa: escaleras y humillación

Los niños del barrio se sentaban cada tarde en mis escaleras. Cuando yo llegaba, se burlaban, me insultaban, me hacían llorar. Durante cinco años viví ese infierno. Cada noche lloraba en silencio. No quería preocupar a mis padres. Hasta que un día no pude más. Les conté todo. Mi padre salió, habló con ellos y, desde entonces, algo cambió. Dejaron de esperarme en la escalera, pero el daño estaba hecho. Aún temblaba si me los cruzaba en la calle…

Nunca dejé atrás mi antiguo barrio, aún iba porque tenía amigas y familia allí. Se trataba de una preciosa calle peatonal, muy colorida, decorada con preciosas macetas que las vecinas tenían y cuidaban con cariño, la buganvilla con su hermoso color... Un lugar sin duda idóneo para la crianza de los más pequeños. Siempre iba a visitar a mi abuela y a quedarme muchos fines de semana a dormir en su casa. El día que tenía que ir a mi antiguo barrio después del cole lo hacía con el autobús del colegio, por lo que os comentaba, ahora vivía a las afueras de la ciudad. Cuando iba, muchas veces me encontraba con la madre de unos de los chicos que vivían en mi antiguo barrio. Recuerdo que siempre me decía: "Cómo me gustas para mi hijo, me encantaría que el día de mañana estuvierais juntos". Imaginaos mi cara de descomposición, nunca fui capaz de decirle a esa mujer cómo era su hijo conmigo; qué desilusión para esa mujer y qué poco conocemos a los hijos una vez que salen de la puerta de casa. Tras llegar a casa y abrir el portal, allí los veía, sentados en mis escaleras (con tan mala suerte que cinco de los diez niños que normalmente hacían grupo vivían en mi bloque, por ello todos se apilaban allí). Daba igual lo que estuvieran haciendo o hablando, era subir yo y comenzar a meterse conmigo, "bizca, fea, dónde vas", siempre palabras malsonantes y con desprecio... Tierra trágame, no podía soportarlo, día tras día lo mismo durante cinco años. Todas las noches lloraba en soledad, no quería que mi hermana ni mis padres se enteraran, me hacía culpable de ello, me daba vergüenza, no valgo nada... Me quería morir, eres adolescente y lo ves todo un mundo... Una y mil veces pensé: ¿por qué no me muero y así pasa esta pesadilla? No lo soporto más, no lo aguanto más... Pensé en el suicidio muchas veces, pero mi yo interior sabía que yo era más fuerte que todo eso, que sería pasajero y no iba a poder conmigo. Era muy duro. Estuve llorando casi todas las noches hasta los 27 años, hasta que lo superé. Nunca fui a un psicólogo, yo sola hice mi propia terapia; más adelante os contaré. Sorprendentemente, uno de los chicos dibujaba muy bien. Estaba en el *bad school* y era buen chico, pero se dejaba llevar por los demás. Él nunca me insultó, pero tampoco me defendió; fue uno de los que me realizó un dibujo precioso en San Valentín. No podía entender por qué tenía tan poca personalidad, por qué se dejaba llevar por los demás; está estudiado que la mayoría influye sobre la minoría y he ahí la certeza del estudio. Se reía de las gracias, pero su cara reflejaba lo contrario. Uno de los chicos estaba en el *bad school*, un gitano de poca monta de familia desestructurada; todos le seguían, él era quien más se mofaba y me tenía hasta ira, sus palabras sonaban con maldad, su mirada... "Bruja, bizca", cada vez se acercaba más a mí para decírmelo con odio, hasta algún día fue a pegarme y, de hecho, me propinó alguna que otra patada; obvio que me defendí. Nunca, nunca fue capaz de decir me nada en el *bad school*. Ahora miro hacia atrás y pienso que es porque allí los compañeros me apreciaban y me tenían estima, nadie iba a seguirle, era un acomplejado. En cambio, los niños de la urbanización le tenían miedo, le reían las gracias y es con ellos con quienes me insultaba. Una vez me levanté y vi en un muro de la urbanización un corazón. Dentro ponía "Federico y Federica (pero no la bizca)" —son nombres ficticios—. Pensad cuando vi eso, una niña ya de 12 años aproximadamente. No podía parar de llorar, una chica se llamaba como yo y para que se supiera que no era por mí, pusieron esa anotación. Me derrumbé. Había pasado por empujones, insultos, gritos y, lo que me faltaba…, eso por escrito, bien grande en la entrada de la urbanización. No podía ir ni a comprar al kiosco de chuches que había fuera de casa porque también se sentaban allí y me insultaban. Rompí a llorar en casa. Mis padres no entendían nada, "¿qué te sucede?, ¿qué te pasa?". Ya habían pasado dos años aguantando lo mismo, no quería decir nada, se me hacía un nudo en la garganta. Les conté a mis padres, y mi padre, 32 años por aquel entonces, entró en cólera. "No te preocupes, mi vida, esto se va a acabar, todo va a pasar, yo hablaré con ellos". "No, papá, por favor, no les digas nada, no quiero que vaya a peor, no puedo soportarlo más", le decía. Cada vez que iba a casa tenía miedo por si volvían a estar allí. Imagínate, chicos con 12-14 años que no tenían nada que hacer… Durante un tiempo nadie se sentó en mi escalera y borraron lo escrito en el suelo. Era muy extraño, por un momento podía ir tranquila a casa sin pensar quién estará ahí y qué me dirán o harán hoy al subir a casa. En ese instante lo entendí. Días atrás, una tarde de primavera, sobre las siete, yo ya estaba en casa y asomada por la ventana, vi cómo mi padre hablaba con todos los chicos, todos callados y con semblante serio y cabizbajo; nadie le contestaba. Llegó mi padre a casa y no me dijo nada, solo tenía los ojos brillosos. Lo abracé fuerte y no paraba de llorar, "gracias, papá, gracias". No podía hablar más, no podía contener mis lágrimas. Por fin alguien me defendía y no pasó antes, porque por vergüenza nunca le conté nada. Dejaron de decirme cosas en las escaleras de casa, pero cuando me encontraba al cabecilla por la calle siempre tenía que soltarme algo; no entendía el porqué de ese odio. Todo terminó cuando terminé el instituto.

Good school, malos recuerdos

Entré por fin en el colegio "bueno". Pensaba que todo mejoraría. Pero fue peor. Las compañeras me hacían el vacío, y un niño incluso llegó a pegarme. Todo por destacar, por gustarle al chico popular. Me odiaban por eso. Intentaron agredirme en grupo. Pero no me dejé. Les planté cara. Fue la primera vez que sentí que me defendía a mí misma...

Tercero de la ESO, últimos dos cursos de colegio antes de entrar al instituto. La alegría que siempre me había caracterizado se convirtió en timidez por lo sucedido con los chicos de mi nuevo barrio. ¿Qué me esperará en este nuevo colegio? ¿Cómo serán los nuevos compañeros? ¿Volveré a pasar por lo mismo? ¿Encajaré? Todo un mar de dudas, incertidumbre, interrogantes, pronto lo descubriría: comenzó el nuevo curso. Mi clase, buena clase, el chico más popular estaba en ella, buenas compañeras. Pero pronto todo cambiaría, tras un par de meses de calma volví a sufrir el bullying.

Yo era una chica aplicada, inteligente y buena estudiante, ahora me doy cuenta de que tengo innato rasgo de liderazgo y eso no gustaba a los que querían llamar la atención. Solo me interesaba estudiar y tener buenos compañeros, nunca me ha llamado la atención la popularidad ni pertenecer al grupo de l@s guais. Pues bien, el chico popular se fijó en mí y eso me causó problemas. Paradojas de la vida, ¿no? Por un lado, miedo por lo que me dirán cuando llegue a casa si me encuentro al otro grupo de chicos, y ahora le gusto al chico más popular. Varias chicas me odiaban y me hacían el vacío, solo la hermana de él, que era mayor, me tendió la mano. Mientras tanto, un chico de otra clase no paraba de meterse conmigo. En el recreo iba a pegarme, yo me defendía, para él era una gracia. Nadie hacía nada.

Así durante los dos años que quedaban antes de ir al instituto. Fueron dos años que no le deseo a ningún niño. Una de las veces que cogí el bus para ir a comer a casa de mi abuela, un niño se bajó en mi misma parada (era de la clase de al lado). Me extrañó porque vivía más lejos. Eran las 14:30 aproximadamente y no había nadie en la calle, vi cómo se acercaba y me propinó una patada en la espalda, "pinocho, ojalá te mueras". Llegué convulsionando a casa de mi abuela. ¿Por qué tanto odio hacia mí? Me encerré y no quería salir del dormitorio. Volví a romper a llorar, no merezco vivir, vivir así es doloroso, frustrante, con complejos, en fin…, una mierda. De nuevo, quería morirme para no tener que volver a pasar lo que pasé. Un día, a la salida del colegio, las chicas de la otra clase me esperaron en una esquina de camino a casa. Querían pegarme porque yo le gustaba al chico popular y la chica popular nada podía hacer. Fijaros mi asombro… Parece surrealista, estaba cansada de tantos años sufriendo bullying por parte de chicos y ahora las chicas me hacían el vacío. No iba a permitirlo. Me vine arriba y les planté cara. "¿Cómo podéis ser tan tontas y querer pelear por un chico? Ninguno merece la pena, querer pegar a alguien por un chico (ni por una chica). Todo para vosotras", les dije. No quería saber nada de él ni de ninguno. "Si queréis llegar a las manos, una por una, no seáis cobardes". Todo quedó ahí y se fueron. Ya había llegado a las manos para defenderme de algún que otro niño por meterse conmigo, no me daban miedo tres niñas encaprichadas.

El chico popular, para no ser menos, también me insultó en varias ocasiones a la salida del colegio. Solo quedaba un año para entrar al instituto, me decía interiormente, pronto todo pasará.

El instituto: un nuevo aire

Por fin, nuevos compañeros. Las niñas del pasado estaban, pero en otras clases. Me centraré en mis estudios, pensé. Y funcionó. Nuevas amistades, ambiente agradable. Empecé a sentirme libre. Aún tenía miedo, pero también esperanza. Y eso fue suficiente.

Por fin, nuevos compañeros, la mayoría de los compañeros del colegio antiguo iban a ir a un instituto diferente, ¡qué ilusión! Aire fresco, poder empezar desde cero. Las niñas de mi urbanización eran amigas de los chicos que me hacían la vida imposible. Una de ellas cayó en mi clase y otra de ellas salía con el gitano que os conté, así que no es de sorpresa contaros que alguna que otra vez también se metieron conmigo en la antigua etapa. Pero, por otro lado, la chica con la que coincidí en clase quería ser mi amiga; no entendía nada, preferí darle largas y no entablar una gran amistad, solo lo justo y necesario, porque sabía que se trataba de una chica conflictiva y a la larga me traería problemas. Por curiosidades de la vida, la novia del gitano, tras coincidir en varias ocasiones, me contó lo mal que lo pasaba con este muchacho. Aun habiendo tenido conflictos con ella, yo le aconsejaba y me lamentaba por ella, y mientras le daba mi opinión pensaba: "Yo lo habré pasado mal, pero tengo mucha personalidad y no me dejo influenciar por nada ni nadie. Nunca nada ni nadie me ha doblegado a hacer nada que no quisiera porque jamás lo permitiré". Qué pena me daba por vivir coaccionada por otra persona, se metió en la boca del lobo todo por estar con el chico malote del barrio. Ahora, en el instituto, mis nuevos compañeros eran encantadores: risas, buen ambiente y ganas de obtener una vida mejor. Para ello había que estudiar y prepararse y yo, como buen leopardo solitario, sabía que siempre hay un periodo de renacimiento después de un periodo de sufrimiento. La persistencia es lo que me define.

El renacer: primeros viajes y amigos

A los 16 comencé a salir de mi ciudad. En la capital hice nuevos amigos, de verdad. Me trataban con respeto, me hacían sentir valorada. Aún lloraba por las noches. Las pesadillas no se iban. Pero había luz. Conocí a un chico que se interesó por mí. Dudé. Pensé que era una broma. Pero me demostró que no todos son iguales. Y eso también me ayudó a sanar.

Primeras salidas fuera de mi ciudad… Pronto hice buenos amigos, un grupo en el que me trataban como a una hermana; por fin pasó mi etapa oscura, por fin empiezo a ser feliz. Eso no quiere decir que lo hubiera superado, pero me hacía salir de mi realidad, me reconfortaba, yo era más de lo que me habían hecho pensar. Seguía llorando casi todas las noches porque no podía olvidarlo y siempre me venían a la cabeza malas vivencias, sobre todo, si en algún instante me enfadaba por cualquier motivo. En esos momentos se generaba en mi cabeza una película que se reproducía a la velocidad de la luz de mi pasado, y no podía contener las lágrimas. Y no hablemos de las pesadillas, años con pesadillas, sin poder dormir bien, me levantaba sudando, llorando, todo por el malestar que me habían hecho pasar.

En este nuevo grupo, el chico más guapo de todos se fijó en mí. Al principio no quería creérmelo, pensaba que quería reírse de mí. Yo desconfiaba, no le daba margen de acercamiento, era distante a la vez que simpática, una chica campechana, pero ponía una barrera que no se podía traspasar por miedo a que me hicieran daño. Con el paso del tiempo me di cuenta de que ese escudo no servía para nada, no todo el mundo es igual, y si seguía con el muro la única persona que siempre iba a sufrir era yo. Sus llamadas desde la cabina a casa todas las semanas, las quedadas en las que nunca fallaba, la atención que me tenía y lo bien que me hacía sentir hizo que me diera cuenta de que la gente se merece una oportunidad y yo no era nadie para no darla y, aún menos, juzgar antes de conocer a la persona. Pronto me convertí en la historia del patito feo, me convertí en cisne. Veía cómo los chicos querían acercarse a mí, me miraban, pero yo era un muro, no dejaba que nadie se acercara. Tenía doble personalidad, en la capital era yo, amiga de mis amigos, la persona con la que siempre querrías estar, alegre, que sabe escuchar, con saber estar y disfrutar de cada momento, nada de malos rollos ni malas contestaciones, solo te contagiaba de energía positiva, sana, sin malos hábitos, eso sí, también la persona que te dirá lo que no quieres escuchar si es por bien para ti, muy crítica constructivamente, pero distante con los chicos porque no me fiaba de ellos (tenían que ganarse mi confianza). Y en mi ciudad simplemente era un muro, siempre fiel a mi círculo, pero no dejaba que nadie se me acercara, no quería tener amistad con los chicos, no podía ser más seca, rancia. En mi barrio siempre seria, saludaba solo por civismo, me juré que nunca tendría una relación con nadie de mi ciudad por la mala vivencia. Los padres de estos chicos siempre habrán pensado que soy una maleducada, pero, al igual que otros muchos padres, no sabían la maldad que sus hijos podían desprender, y yo, al no saber separar, culpaba a los padres de todos ellos por la conducta de sus hijos. No iba a perder mi tiempo saludando ni hablando con personas que no saben educar y que no se dan cuenta de lo que tienen en su casa. Quería salir de ahí, ese lugar no era para mí, y mirad que es un sitio en el que todo el mundo quisiera vivir o, al menos, conocer. Pues bien, donde dije digo,

digo Diego. Tuve una relación de ocho años con un chico de allí. Al final te das cuenta de que no podemos juzgar a todos por igual. Tras finalizar el instituto, me fui a estudiar a la capital, quería tener un buen futuro y luchar por lo que quería. Así fue, terminé mi carrera, comencé a trabajar donde me propuse, comencé de prácticas y me contrataron, en plena crisis, una de las únicas de mi promoción que consiguió un buen empleo; con trabajo y esfuerzo todo se alcanza. Y, sobre todo, actitud, actitud positiva. Me dije una y mil veces, soy válida, inteligente y con don de gentes. He de decir que no soy de notas sobresalientes, más bien normalita, pero a la hora de trabajar doy el mil por mil.

Aprender a quererme

Mi verdadera terapia fue el espejo. Empezar a decirme cosas buenas. Creerlas. Entender que quienes insultan, muchas veces, lo hacen desde su propio vacío. Viajé, conocí otras culturas, estudié, trabajé. Crecí. Aprendí a comunicarme, a adaptarme. Y también a cerrar puertas. Algunas personas volvieron, querían estar cerca. Pero yo ya sabía a quién abrir y a quién no.

Etapa de superación

Hoy soy feliz. Formé mi familia. Logré mis metas. Mi pareja no conoce toda mi historia. No hace falta. Es un capítulo que ya no me duele. Me hizo fuerte. Me construyó. Y por eso, hasta lo agradezco. Porque sin esa etapa, yo no sería yo. Lo superé sin psicólogos, sola, con persistencia. Y por eso quiero que tú también sepas que se puede.

Al inicio de mi relato os comentaba que os contaría cómo lo superé. Pues bien, lo hice aprendiendo a quererme. Me miraba una y otra vez al espejo y me decía: eres mucho más de lo que dicen, tienes mucha suerte de saber qué es vivir, y me tomé al pie de la letra lo que una vez me dijeron: "No te quedes con la frase de disfruta de la vida que solo se vive una vez, cambia la lente y disfruta todos los días porque solo se muere una vez". Me encantó, todos los días pienso en ello y así lo hago. Si te fijas, según cómo veas e interpretes las cosas, así te irá. Si eres un triste atraerás tristeza y si eres pura alegría atraerás, pues eso, alegrías. Vas madurando y te das cuenta de que el más débil es quien insulta a los demás, que realmente no me tenía que dar pena de mí misma, me apenaban ellos. En su cabeza no había nada más que serrín, personas vacías con carencias familiares y, en consecuencia, falta de afecto y baja autoestima unidas a poca personalidad. Comencé a viajar, a hacer escapadas, conocí personas de otras culturas, me formé profesionalmente, iba mejorando día a día, y, en fin, me enriquecí tanto personal como profesionalmente. Eso me hizo desprender seguridad a la hora de hablar, de expresarme, etc. La convicción en mis palabras y la forma de comunicarme tanto verbal como no verbal me hizo canalizar con la gente y sentirme nuevamente integrada en cualquier lugar y ambiente. Y no os olvidéis mi inicial forma camaleónica, estaba acostumbrada al cambio, al cambio de colegios, por lo que eso ya lo llevaba conmigo, solo tenía que volver a exteriorizarlo. El cambio es bueno, de hecho, vivimos en un mundo muy dinámico y tienes que adaptarte al cambio porque el trabajo, las tendencias, la tecnología… viven en un cambio continuo y tenemos que estar a la altura, si no, te quedas obsoleto. Por ello, me era y me es muy fácil adaptarme a cualquier entorno y a cualquier grupo de personas, es lo positivo de contar con una mente abierta. Con el tiempo, de una forma u otra, quisieron acercarse a mí las personas que tanto daño me hicieron, pero esa puerta se cerró. Bajo mi punto de vista, lo de atrás, atrás se queda. No es que tenga rencor (bueno, un poquito sí, no seamos hipócritas), sino que las personas que no te suman nunca debes tenerlas cerca. Eso no quiere decir que no prime el civismo y nunca negaré un saludo, pero solo por eso, por cordialidad. Volví a desprender la alegría que me caracterizaba, mi contagiosa aptitud y actitud positiva, el carisma y la empatía que he ido desarrollando (solo el temperamento es innato, el resto se aprende en las distintas etapas de la vida). Me decía: "Me merezco ser feliz, ahora sí soy yo". A día de hoy, mis amigas siempre me dicen que les gusta mucho de mí la confianza que tengo en mí misma, la fortaleza que desprendo y cómo puedo controlar tanto los sentimientos y afrontar las situaciones con una sonrisa, que cómo lo hago. Piensan que siempre he sido así y que siempre me ha ido bien, que todo lo veo fácil. Amigas mías, si supierais mi historia, nunca lo creeríais. Jamás le he hecho nada a nadie para autoculparme de lo sucedido, he perdido mucho tiempo de mi vida llorando y lamentándome. De seguir así, ellos hubieran ganado la batalla y no lo iba a permitir, mi cabeza siempre bien alta y con una gran sonrisa, jamás nadie iba a hacérmelo pasar mal, me dije a mí misma, mente fría. Fijaros en mi experiencia. Desde bien pequeñita he tenido que lidiar con todo tipo de personas, sé apañármelas sola, me decía una y otra vez. Nunca quise vivir en mi ciudad porque me traía malos recuerdos. Por circunstancias y casualidades de la vida, me mudé y solo voy allí de vacaciones. No puedo pedir nada más, todo lo que me he propuesto lo he conseguido por méritos propios. Soy muy feliz con la familia que he formado. Mi chico nada sabe de esa etapa de mi vida, para qué, ahora mismo, solo es un mal sueño que se evaporó en el tiempo. Siempre me digo que sin esa etapa seguramente no sería lo que hoy soy. Soy una persona que cuando se cierra una puerta piensa que tres ventanas se abren, que siempre saca algo positivo de una mala noticia o de un indeseable acontecimiento, así que, de una forma u otra, sin esas vivencias, probablemente mi hoy sería otro y mi hoy no lo cambio por nada del mundo, por lo que, por muy irónico que parezca, me merece la pena todo lo que pasé. No se lo deseo a nadie, pero como dice el título del libro, el bullying me hizo fuerte, y la persistencia ser quien soy.

Reflexión final

Si estás leyendo esto y pasaste o pasas por algo parecido: no te calles. Pide ayuda. Exprésate. Rodéate de gente que te quiera. No te aísles. No te creas lo que otros dicen de ti. Y si ves a alguien sufriendo, no mires a otro lado. El silencio también duele. Hay muchas formas de ayudar. Con empatía, con palabras, con presencia. Recuerda: el bullying no es culpa de quien lo sufre. Es responsabilidad de todos frenarlo. Y tú puedes ser parte de ese cambio.

Desde mi experiencia, que nadie ni nada te haga creer que no vales nada. No merece la pena prestar la atención a palabras necias ni mucho menos intentar analizarlas, es algo que tiene que caer en vacío, en un saco roto. Quien te quiera siempre va a mirar por ti y si te aconseja cambiar o te critica, siempre lo hará de forma constructiva, nunca destructiva. El cómo se dicen las cosas siempre es lo más importante en cualquier aspecto de la vida, no lo olvides. Si tienes a alguien cerca y piensas o sabes que sufre de algún tipo de acoso, escúchale y deja que se exprese (no le preguntes hasta que se desahogue, espera esos tres segundos de silencio los cuales te dan paso a tomar la palabra). Eso sí, apóyale, no lo dejes pasar, porque si lo haces, de alguna manera tú también contribuyes a fomentar este tipo de acoso. Normalmente, no se suele intervenir porque lo fácil es o mirar hacia otro lado o estar al lado de quien promueve el acoso, aunque cuando llegues a casa te sientas fatal. Como dice Juan Bosco: "Para hacer el bien hay que tener el valor de sufrir y sobrellevar las contrariedades". ¿Estás dispuesto? ¿O actúas como la mayoría y lo dejas pasar porque a ti no te incumbe? Siempre puede haber algún familiar o amigo pasando por ello y no lo sepas porque, como yo, nunca ha querido contarlo y prefiere vivirlo en su soledad. Un gran error. Existen distintas formas de ayudar a personas en esta situación, como apoyarle delante de los demás concienciando al resto del grupo, avisando a los profesores, a los padres o a algún familiar cercano y, cómo no, hablando con la persona afectada en un entorno y momento adecuado. Nota importante: no actúes en caliente, siempre hazlo de forma racional y, acuérdate, el cómo lo transmitas es el mensaje que calará a las personas. Un incorrecto comportamiento no justifica una buena acción. Si eres tú, lector, quien lo sufre, desahógate, ríe, llora, grita, lo que necesites con tal de no guardártelo para ti mismo. La etapa de la adolescencia es dura porque los niños son crueles, pero, piénsalo, no son más que personas vacías con carencias afectivas y/o complejos encubiertos. Solo te aconsejo que te mires al espejo, creas en ti y hagas lo que te propongas. Eso sí, háblalo, cuéntaselo a alguien, tus padres, profesores, tu mejor amigo o alguien que haya pasado por ello. Hay que frenarlo y, como ya te he mencionado, no te lo guardes para ti. Sé que son hechos que nadie quiere contar, generalmente por vergüenza e impotencia, pero una vez lo hagas es una liberación. La sensación es como si te quitaras un peso, qué digo, un gran peso de encima. No eres tú quien tiene algo que ocultar, son ellos quienes tienen que ser descubiertos, porque nadie es quien para infravalorar o hacer sentir mal a otra persona. Quédate con lo que te sume, si te resta, aléjalo de tu vida. Muy importante, si sufres algún tipo de acoso lo pagarás con quien más quieres, puedes volverte más irascible, contarás con contestaciones malsonantes a tus seres más queridos o directamente irás reduciendo la comunicación y la relación con ellos, esto te llevará a en cerrarte en ti mismo, serás más rebelde y probablemente aumentará el odio y el resentimiento en tu yo interior. Ya te digo que eso de nada vale, lo único que haces es hacerte más daño a ti mismo y a los que te quieren. ¿Crees que merece la pena? Ya te digo que NO. Te animo a que te sientes, te relajes y fríamente analices tu vida, en qué punto estás y dónde quieres llegar. El resultado de tu balanza siempre tiene que ser positivo por lo que todo lo negativo que rodee tu vida aléjalo de ti; vale más tener uno o dos amigos buenos que una multitud que no te aporta nada. Una vez una amiga me dijo con gran desesperación: "cómo me gustaría ser amiga de aquellas chicas", en aquel entonces, las guais del instituto. Yo le dije: "No lo quieras, porque con el tiempo ese grupo se disolverá y nosotras seguiremos juntas". Pasaron los años y así fue. La inteligencia vale más que la incompetencia. Fórjate de buenos valores y brilla porque, sin saberlo, eres un diamante en bruto al que solo hay que pulir.

Querido lector, espero te haya sido de interés mi historia y mi forma de ver las cosas, espero haga reforzarte y tener una perspectiva más bonita de lo que es la vida y lo que ella nos depara. Quédate con lo bueno, aun partiendo de una mala experiencia, y recuerda: disfruta de la vida porque vivimos todos los días, solo se muere una vez.